親愛的老鼠朋友，
歡迎來到太空鼠的世界！

這是一個在無盡宇宙中穿梭冒險的科幻故事！

親愛的老鼠朋友們：

　　我有告訴過你們我是一個科幻小說的狂熱愛好者嗎？
我一直想寫一些發生在另一個時空的冒險故事……
可是，所謂的**平行宇宙**真的存在嗎？

　　就這個問題，我諮詢了老鼠島上最著名的伏特教授，
你們知道他是怎麼回答我的嗎？

　　他說根據一些科學家的研究發現，我們所處的時空和
宇宙並非唯一的。世上還存在着許多不同的時空和宇宙空
間，甚至有一些跟我們相似的宇宙存在呢！在這些神秘的
宇宙空間，或許會發生我們無法預知的事情。

　　啊，這個發現真讓鼠興奮！這也
啟發了我，我多希望能夠寫一些關於
我和我的家鼠在宇宙中探索新世界的
科幻故事啊！而且，我想到一個非常
炫酷的名稱——**星際太空鼠！**

伏特教授

　　我們能夠在銀河中遨遊！一定能讓其
他鼠肅然起敬！

Geronimo Stilton
星際太空鼠

謝利連摩·史提頓

賴皮·史提頓

菲·史提頓

馬克斯·坦克鼠
爺爺

機械人提克斯

班哲文·史提頓
和潘朵拉

銀河之最號

太空鼠的太空船艦，太空鼠的家
同時也是太空鼠的避風港！

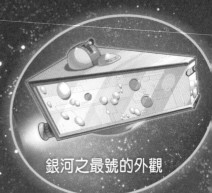

銀河之最號的外觀

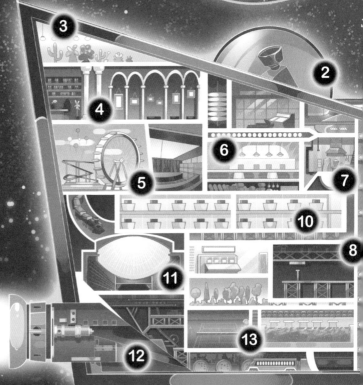

星際太空鼠 8
智能叛變危機
SFIDA STELLARE ALL'ULTIMO BAFFO

作　　　者：Geronimo Stilton　謝利連摩・史提頓
譯　　　者：顧志翔
責任編輯：胡頌茵
中文版封面設計：陳雅琳
中文版內文設計：羅益珠
出　　　版：新雅文化事業有限公司
　　　　　　香港英皇道499號北角工業大廈18樓
　　　　　　電話：(852) 2138 7998　傳真：(852) 2597 4003
　　　　　　網址：http://www.sunya.com.hk
　　　　　　電郵：marketing@sunya.com.hk
發　　　行：香港聯合書刊物流有限公司
　　　　　　香港新界大埔汀麗路36號中華商務印刷大廈3字樓
　　　　　　電話：(852) 2150 2100　傳真：(852) 2407 3062
　　　　　　電郵：info@suplogistics.com.hk
印　　　刷：C & C Offset Printing Co., Ltd.
　　　　　　香港新界大埔汀麗路36號
版　　　次：二〇一八年一月初版

www.geronimostilton.com
Based on an original idea by Elisabetta Dami
Cover Design: Flavio Ferron, adopted by Sun Ya Publications (HK) Ltd.
Art Director: Iacopo Burno
Graphic Project: Giovanna Ferraris / TheWorldofDOT
Illustrations: Giuseppe Facciotto, Daniele Verzini
Artistic Coordination: Flavio Ferron
Artistic Assistance: Tommaso Valsecchi
Graphics: Michela Battaglin

ISBN: 978-962-08-6948-8
© 2015, 2016 by Edizioni Piemme S.P.A. Palazzo Mondadori, Via Mondadori, 1- 20090 Segrate, Italy
International Rights © Atlantyca S.p.A. Italy
Traditional Chinese Edition © 2018 Sun Ya Publications (HK) Ltd.
18/F, North Point Industrial Building, 499 King's Road, Hong Kong
Published and printed in Hong Kong

智能叛變危機

謝利連摩·史提頓
Geronimo Stilton

新雅文化事業有限公司
www.sunya.com.hk

目錄

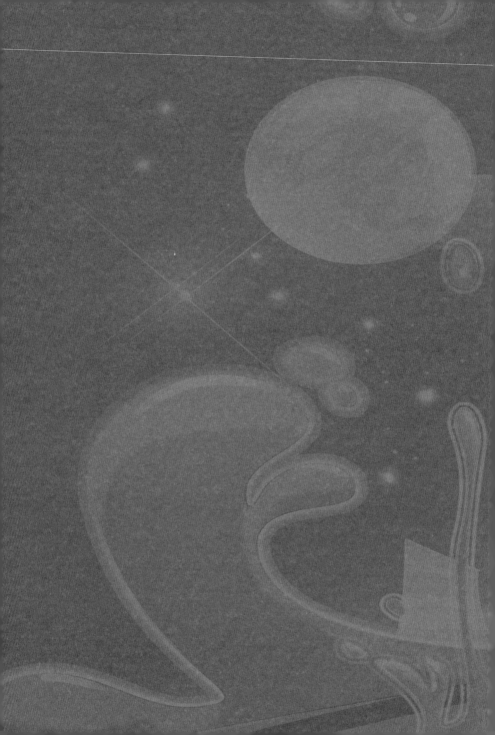

如果我們能夠穿越時空⋯⋯

如果在銀河的最深處有這樣一艘太空船艦，上面居住的全部都是老鼠⋯⋯

又如果這艘太空船的艦長是一個富有冒險精神又有些憨憨的老鼠⋯⋯

那麼他的名字一定叫做謝利連摩・史提頓！

而我們現在講述的就是他的冒險故事⋯⋯

那麼，你們準備好了嗎？

快來跟着謝利連摩一起去星際旅行，穿梭神秘浩瀚的宇宙吧！

宇宙超級遲大到

　　所有的事情發生在一個平靜的早晨，我正躺在全宇宙最炫酷的太空船——「**銀河之最號**」裏做着美夢：我的新書——《**太空鼠大冒險**》贏得了**星際文學大獎**！

　　我站在頒獎台上看着觀眾：他們來自全宇宙各個角落，大家此刻都在為我歡呼，有的在熱烈地鼓掌，有的則興奮地擺動着頭上的**觸角**……

　　我的冥王星乳酪呀，我的**鬍鬚鬍鬚鬍鬚鬍鬚**因為激動也開始顫抖起來！

　　在夢中，評審委員會的主席緩緩地將獎

呼嚕！呼嚕！呼嚕！

盃遞給我，正當我伸出手爪準備把它接過來

時⋯⋯

滴鈴鈴⋯⋯滴鈴鈴⋯⋯滴鈴鈴！

這時，鬧鐘的響鬧聲將我吵醒了！我睜開

雙眼，在我面前的並不是評審委員會的主席，

而是我的機械鼠管家。

他對我說：「早安，艦長先生，現在是星際時間10點27分，該起牀了！」

我嘀咕着說：「你難道就不能遲五分鐘才叫醒我嗎？我正在做着一個美夢……**我的宇宙乳酪呀！**已經10點27分了？！」

「確切來説，現在已經是10點28分了，該……」

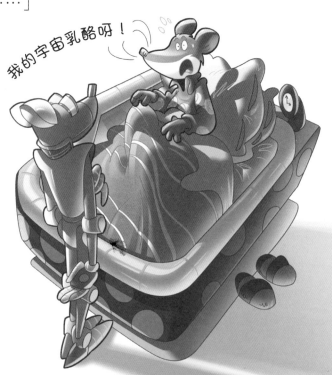

我的宇宙乳酪呀！

「**起牀了**，我知道了！可是我不是要你在8點叫醒我的嗎？」

機械鼠管家解釋說：「是全息程序鼠要我重新設定鬧鐘的⋯⋯」

我立刻反駁說：「全息程序鼠的指令？可是我們太空船上的主電腦是從什麼時候開始擅自更改我的指令？我才是⋯⋯啊，差點忘了！我還沒有做自我介紹呢！我叫史提頓，*謝利連摩‧史提頓*，是全宇宙**最炫酷**的太空船——『銀河之最號』的艦長！」

而這天早上我遲到了，超級遲到，不，是

宇宙超級遲大到！

於是，我趕忙說：「機械鼠管家，快給我準備一份早餐，趕快，要超級快！」

說完，我就**跑着**去換衣服了⋯⋯

我的制服呢？

我的 自動衣櫃 跟我問好，說：

「早安，賴皮！」

我的宇宙行星呀，我該不會是聽錯了吧？

「呃……對不起，你剛才叫我什麼？」

「賴皮‧史提頓！」

「可我不是賴皮啊！賴皮是我的表弟！」我有些困惑地叫道。

自動衣櫃**笑着**說：「你真是喜歡開玩笑……」

「但我就是艦長啊……我是謝利……」

我的話音未落，自動衣櫃就遞給我一件

太空制服，說：「請別再和我開玩笑了！
這件是你的制服，請快穿上！」

　　奇怪，真是奇怪⋯⋯非常奇怪！

　　不管怎麼說，我已經**遲大到了**！

　　我沒有再浪費時間和它辯解，我將一隻
腳爪伸進制服的褲管裏，然後手爪伸進了袖子
裏，這時我才意識到⋯⋯這件衣服太大了！

我的**土星**光環呀，這件制服是賴皮的！

我回頭向自動衣櫃問道：「嗯……這件制服不是我的，我那套艦長**制服**呢？」

它有些不耐煩地回答說：「你想要當艦長，嗯？」

「我本來就是艦長啊！」

它突然笑了起來：「呵呵呵！賴皮，你還是那麼胡鬧！現在請停止你的把戲，趕緊穿上制服吧！」

就在這時，機械鼠管家通知我說：「艦長先生，**早餐**已經放在桌子上了！」

「總算有個正常的安排！」我自言自語道，但是我很快就**聞到**一股奇怪的味道……

「這是什麼？」我一臉疑惑地問道，然後

一邊用勺子在杯子裏的綠色**液體**中攪拌了幾下。

「這是你的引擎機油，艦長先生！」

我**瞪大**雙眼說：「引擎？機油？可是我⋯⋯平時早上都是喝牛奶的啊！」

這是什麼？！

「今天不行，艦長先生！」

我有些絕望地說：「機械鼠管家，怎麼連你也開始和我開玩笑起來了？」

機械鼠管家平靜地回答說：「我今天收到全息程序鼠傳來的菜單上寫得很清楚：**引擎機油**。」

我的聲音開始有些顫抖着說：「全息程序
鼠從什麼時候開始指定我的早餐菜單了？」

　　機械鼠管家乾咳了一下補充道：「現在我
得**失陪**了，抱歉。」

　　我什麼都還沒來得及說，我的 **機械鼠
管家** 就轉身離開了房間。

艦長先生，
你在這裏幹什麼？

　　面對這個難以置信的狀況，我決定去**控制室**看一看到底發生了什麼事。為了抓緊時間，我選擇乘坐噴氣電梯，我一進入管道，就有一股強勁的**氣流**把我吸進去，但是我並沒有被推向樓上控制室的方向，而是墜落到樓下去了！

星際百科全書

噴氣電梯

眾所周知，噴氣電梯是宇宙太空船裏最舒適、最快捷的移動工具：它由一根玻璃管道組成，乘客進入管道後會被吸到相應的樓層。

我的維嘉星乳酪呀，這是什麼地方？

我害怕得閉上了雙眼，然後……

啪嗒！

我的屁股似乎砸在一堆軟綿綿，散發着臭味的東西上：一堆髒衣服！原來我掉進了**洗衣房**裏！

我盡力想要爬起來，而正在這時……

啪嗒！

嘶嘶…… **嗒嗒……** **嘭！**

我所身處的這座大型太空洗衣機突然開動，隆隆地運作起來。

它把堆積如山的髒衣服一件一件地**吸進去**，咕吱吱，我很快也會被吸進去的！

我的宇宙乳酪呀！要知道那座機器的運轉速度可高達每星際秒鐘一萬轉啊！

我**害怕地**閉上了眼睛，這時突然有誰一把抓住了我的爪子，並將我從洗衣機旁拉開。

我驚惶失措地睜開眼睛，只見到……那是

我們船艦上的**機械人提克斯**！

「**艦長先生**，你在這裏做什麼？大家都在控制室等你呢！我們的**太空船艦**好像出了些問題……」

我苦笑了一下回答說：「我也注意到了！我的**鬧鐘**自行更改了響鬧時間……自動衣櫃居然給我賴皮的制服……還有管家鼠居然讓我早餐的時候喝機油……現在

救命！

噴氣電梯又把我送到這裏來，害得我差點被**洗衣機**吸進去！」

「請你放心，艦長先生，我來想辦法處理！」機械人提克斯鎮定地說道。

經過一分鐘**星際時間**之後，它把我從髒衣服堆裏拯救出來，然後我們選擇步行前往**控制室**。

這時，我還不知道「**銀河之最號**」裏不正常的機器可不單只有噴氣電梯……

當我們穿過一扇自動門的時候，它居然在我們還沒有完全通過就關起來，害得機械人提克斯就像一塊**月亮乳酪**一樣被門夾住了！

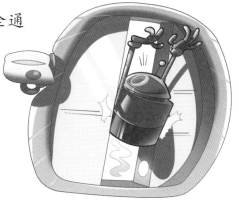

這……這到底是怎麼回事？

第二扇**門**也是一樣突然關上，一下子夾住了我的尾巴……**哎呀！！！**

接着，一扇垂直**開啟**的門只打開了一點點，我們不得不像巴維星上的**蝸牛**一樣狼狽地爬着鑽過去……

當我們終於看到「控制室」的指示牌時，總算是**吁了口氣**：「我們終於來到了！」

一切都失靈了！

控制室裏一片 **混亂**：只見各種儀錶板不停閃爍着，並發出奇怪的聲音，**顯示屏**忽亮忽暗，而自動玻璃清洗機則持續運作！

所有 **船員** 都亂作一團，根本就沒有鼠注意到我……除了我的爺爺——**馬克斯·坦克鼠**上將，他衝着我吼道：「我的笨蛋孫子，你跑到哪裏去了？這裏一切都失靈了！」

我咕噥着説：「嗯，爺爺……事實上我的鬧鐘有點失靈……而且我的衣櫃……」

「**別再找藉口了！** 快坐到你的位置上，做些艦長該幹的事情！」

這時，**賴皮**也看見我，他**指着**我身上的衣服，叫道：「表哥！我的制服怎麼跑到你身上去了！」

　　直到此時，我才注意到他身上穿着的正是我的艦長制服！

　　於是，我嘗試着問：「賴皮，你怎麼會……」

他回答說：「我也不清楚！今天早上的時候我的 **自動衣櫃** 給我遞上這件制服……我以為是 **全息程序鼠** 給我 **開玩笑** 呢！」

開玩笑？全息程序鼠什麼時候開始會開玩笑了？

我抬頭開始尋找我們的全息程序鼠，只見它的影像不再像平日一樣閃亮，而是顯得有些 **暗淡** 且不完整，真是奇怪！

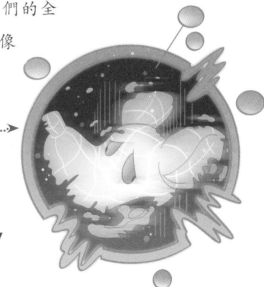

於是，我問菲：

「這裏到底發生了什麼事？」

妹妹對我解釋說：「我們也不知道，但是自從全息程序鼠變成這樣之後，整艘『銀河之最號』上的一切就變得**亂成一團**……」

我自言自語說：「看上去全息程序鼠好像……」

正在這時，控制室的大門突然打開了，我們船艦上的機械工程師**布魯格拉·斯法芙**走進來，大聲說道：「生病了！

啊！！

全息程序鼠生病了！」

電腦生病了！

我的宇宙行星呀！全息程序鼠生病了？

布魯格拉有些**激動**地呼喊道：「這種情況發生的可能性為十億分之一⋯⋯但它確實發生了！」

「**可是**⋯⋯**一台電腦**⋯⋯**怎麼會生病呢？**」我有些不解地問道。

布魯格拉解釋說：「所有**電路**均正常，檔案完整，處理器也沒有損傷⋯⋯**但是一定有什麼地方出了問題！**全息程序鼠看上去累壞了，它每天要處理船艦上成千上萬條指令！」

「不過你一定有辦法**修理**⋯⋯嗯⋯⋯**治療**它的，對嗎？」

她搖了搖頭，有些擔憂地看着我們說：
「很不幸……我沒有辦法……」

我的冥王星呀！要是缺少了全息程序鼠的話，整艘「**銀河之最號**」的運作就要……癱瘓了！

這時，我可愛的小姪子班哲文跑過來抱住了我說：「喈喱叔叔，全息程序鼠會**沒事的**，對嗎？」

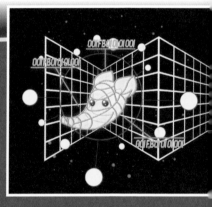

全息程序鼠
銀河之最號上的主電腦

種類：超級鼠工智能
特長：監控宇宙太空船上的所有功能，包括能夠自動駕駛太空船。
性格：覺得自己是不可或缺的。
特點：能夠隨時隨地出現。

我試着安慰他說：「當……當然會沒事的！**布魯格拉**，我想我們一定能夠做些什麼的，對嗎？」

她回答說：「現在就只有史偉塔教授能夠治療它，他是我在**星際優才理工大學**時期的老師。」

所有鼠都異口同聲地問道：「誰？」

「我所有關於**機械**方面的技術都是史偉塔教授教我的，而且多年之前也是他幫助我設計了全息程序鼠！」

「那我們趕緊聯絡他吧！」我叫道。

布魯格拉**歎了口氣**說：「恐怕沒那麼容易：教授已經不再教書了，而是專注於他自己的**發明**，我想他應該還住在工坊星上，也就是大學所在的星球，不過我不知道他的具

體地址，因為他好像特別注重保護自己的私隱！」

工坊星？我從來都沒有聽説過這個小行星，於是我建議説：「嗯……也許我們可以在星際電話簿上查找一下教授的電話號碼……」

星際電話簿

A B C D E F
G H I J K L
M N O P Q R
S T U V W X
Y Z

這時，馬克斯爺爺的聲音一下子打斷了我：「笨蛋孫子，你説什麼查電話簿！現在我們可沒有時間去浪費：要是全息程序鼠突然當機的話，對我們來説就麻煩大了！」

「嗯……你説的沒錯，爺爺……」

「當然沒錯！所以你抓緊時間馬上起程去一趟吧……」

各位親愛的朋友，我跟你們說過，最好不要頂撞馬克斯爺爺吧？

　　於是，我嘀咕着說：「遵命，爺爺……」

　　班哲文高興地歡呼起來：「太好了！聽說在**工坊星**上有着全宇宙最新穎先進的發明！」

就這樣，我們在忙亂之中，展開了工坊星探索之旅……

向右轉！不不，向左轉！

在沒有全息程序鼠的幫忙下，我們要派出探險隊可不是一件容易的事。

首先我們得確認的是……工坊星在什麼位置？

僅僅幾秒鐘的功夫，船艦上的**星際導航**系統就為我們提供了飛行路線。

菲開始進行手動飛行操作（因為在船艦上的電腦無法正常工作的情況下使用**自動導航系統**有些冒險！），但是很快我們就遇到了一連串的……**考驗**！

幸好，最終我們得以毫髮無損地穿過了一片隕石羣，一陣星際磁暴和星際塵埃暴。

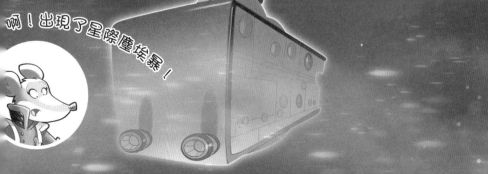

菲竭盡所能，好不容易避開那些障礙，當成功躲開了一塊大型**隕石**之後，她氣急敗壞地問道：「有誰能夠告訴我到底發生了什麼嗎？導航系統給我的航線好像有些問題！」

布魯格拉解釋說：「你說的沒錯，菲！我忽略了整個導航系統也是由全息程序鼠控制的，恐怕它建議的航線……**不太可靠！**」

我的海王星乳酪呀，現在該怎麼辦？

馬克斯爺爺打斷說：「太空鼠們，請忘掉所有的**科技**吧，今天我們得依照從前的方式冒險了！」

說完，他搬出一本封面**積滿灰塵**，厚厚的大型書本放在桌子上。

我有些疑惑地看着他，然後低聲說道：

星際百科全書

《星際導航圖》

這是一本古老的星際導航圖書籍。在星際導航智能系統出現之前，宇宙太空船的艦長們都會利用它辨別方向和位置，幫助計算航道。

整本導航圖冊收錄了全宇宙所有的星圖，並按字母排序，全書有幾千頁內容，非常沉重。只要在圖冊上找到要去的行星，接下來就全憑艦長的計算和駕駛太空船的技術前往目的地！

「嗯，爺爺，我想現在應該還沒到讀書的時間吧……」

他有些生氣地說：「什麼讀書不讀書的，你這個笨蛋孫子！這本是《星際導航圖》！」

說完，爺爺打開導航圖，迅速翻動書頁，開始尋找工坊星的位置。

不一會兒，他滿意地高呼說：「**找到了，就在這裏！**」

所有鼠都看得目瞪口呆，爺爺解釋說：「在我那個年代，根本就沒有這些**電腦技術**……我們都必須學會看星際圖！」

菲大聲歡呼說：「太厲害了，爺爺！你永遠是最厲害的！」

「謝謝，小孫女！現在你回到控制座上去吧，我來幫你設定**星際航線**。」爺爺得意地說。

於是，我們在飛過**英仙座**之後向右轉去，然後一直飛到第643號星系與第981號星系之間，並繼續向前越過明亮的亞特拉斯星……最終我們看見**工坊星**了！

這顆小行星看上去非常現代化，上面布滿

了各種高科技建築。

　　我宣布說：「菲、布魯格拉、賴皮和班哲文：馬上去做好登陸準備！一會兒直接在遠距離瞬間傳送裝置那兒見！」

　　布魯格拉咳嗽了兩聲說：「嗯……艦長先生，我想現在這個時候可能不太適合使用遠距離瞬間傳送裝置！」

星際百科全書

工坊星

星際優才理工大學的所在地，這是一顆高度現代化的星球，聚集了許多天才學者與科學家，並且不斷有新發明被創造出來（從最無聊的發明到最尖端的發明都有）。這顆星球上的居民來自宇宙各個角落，其中很大部分是為了到這裏來上大學的。

噢，我真是太大意了！布魯格拉說的沒錯……

在全息程序鼠無法正常工作的情況下，最好還是不要冒險進行遠程瞬間傳送，不然誰也不知道會被送到哪裏去了！

「既然是這樣的話，我們就乘坐探索小艇吧：一會兒在出發大廳見！」

當布魯格拉最後來到探索小艇的時候，她手上拿着一個特製的盒子，裏面盛滿了船艦上的科學家費魯斯教授預先準備好的乳酪提取物，中間放着已經被移除下來的全息程序鼠。

接着，她報告說：「艦長先生，由於我

們失去全息程序鼠的指揮，我將『**銀河之最號**』設置為待機模式。」

「待……什麼模式？」我疑惑不解地問道。

布魯格拉解釋說：「這就相當於我們的**宇宙太空船**現在處於關掉引擎的狀態，只是維持最基本的功能，例如照明、取暖、供水……」

聽到這些話之後，我自言自語說：「『銀河之最號』**關掉引擎**了，這個情況之前可從來沒有出現過！」

於是，我下令道：「快點，我們得趕緊出發：**已經沒有時間了！**」

歡迎來到工坊星

在經歷了大約一個星際小時的太空航行之後，菲終於把探索小艇駛到工坊星上一個太空港準備登陸。我的土星光環呀，真繁忙啊！這裏到底有多少隻太空船呀？

布魯格拉解釋說：「工坊星每天都要接待許多熱衷於科學的**外星人**，來自各個研究所的學者，以及為了尋找最新穎的發明而到來的訪客。」

「看來要找一個停機位也不是很容易啊……」菲嘀咕着說。

「這裏下面有個空位！」賴皮喊道。

我的妹妹菲開始轉向準備降落，正在這時……

嗶嗶嗶嗶嗶嗶嗶！

　　大家頓時被嚇了一跳：只見就在離我們不遠的地方，一個外星人駕駛着一輛小型太空船呼嘯而過，冒出團團**黑煙**。

　　「真是太粗魯了！」我的妹妹一邊抱怨着，一邊進行一連串複雜的**操作**之後把飛艇停泊好。

當飛艇停定並關掉引擎之後，菲建議說：「我們抵達了！我想我還是留在這裏比較好，這樣在必要的時候可以隨時撤退。我們通過腕式電話保持聯繫吧，祝你們好運！」

「嗯，好的！那我們現在該去哪裏呢？」我問道。

布魯格拉回答說：「去大學吧，如果我沒有記錯的話，應該是在這邊！」

於是，我們步行前往大學，幸運的是，一路上都有非常清晰的指示牌，沒多久，我們就來到一座漂亮、現代而莊嚴的建築前，看上去似乎應該是某個很重要的場所。

星際百科全書

星際優才理工大學

整個星系裏最頂尖的科技大學，許多宇宙裏最神奇的發明都誕生於此！每一年均吸引成千上萬名來自宇宙各處的年輕外星人慕名而來，報名申請這所大學的學位。莘莘學子們都務求在這兒學習到嶄新的科技知識、研究科技，並希望有朝一日自己也能夠成為一名偉大的科學家！

布魯格拉宣布說：「我們到了！」

班哲文向我問道：「叔叔，我長大以後能來這裏讀書嗎？我想要成為全宇宙最偉大的發明家！」

我感到有些自豪地看着他，並回答說：

「當然可以，班哲文！」

布魯格拉繼續說道：「**在大學裏，還有許多更加有趣的東西……**」

「那我們還待在這裏做什麼？」賴皮高呼說：「我們快進去**看看**吧！」

有許多更加有趣的東西……

我們快進去看看吧！

哇啊！

快拉我下來!

我們走進教學大樓內,只見在 **通道** 上隨處可見來自宇宙各處的外星人 **進進** *出出* 課室和實驗室。

布魯格拉自言自語道:「啊,真懷念以前上學的日子呀⋯⋯」

然後,她轉向我們說:「我們先去諮問處,也許那裏有人能夠告訴我們該去什麼地方找 史偉塔教授。」

在走到一個地方之後,我們停下了腳步想要辨認位置,這刻我好奇地瞥了一眼旁邊的 **實驗室**:有一組外星人學生正在做着實驗,就在這時⋯⋯

一大團粉末突然撲面而來並擊中了我，這不但令我全身上下變成白色，還讓我漂浮起來……

「哦，對不起！」其中的一個學生說道。

「我們的**反重力噴霧**目前還在實驗階段，而且……」

我趕緊打斷他說：「嗯……這些都不重要，但是……能不能先讓我下來！」

與此同時，賴皮不知道什麼時候穿上了一雙奇怪的鞋子，在通道裏**穿梭**飛行起來，一位學生在他的身後追趕着，氣急敗壞地叫道：「快停下！這是最新款的**火箭鞋**，我告訴過你不要隨便亂試，因為還有些問題沒有解決！」

場面漸漸變得一發不可收拾，而另一邊班哲文又被一個飛行**機械人**抬起到半空中！

54

不過，兩個學生很快就把機械人攔下來，並不停地道歉：「真抱歉，我們的**飛行郵遞員**還有許多需要改善的地方……」我趕緊跑向小姪子，擔心他受到驚嚇，不過他卻**笑著**對我說：「叔叔，你一定要看一下**黏液星人**發明的利用口水來發電的再生能源發電機！」

「嗯……這個我想我們可以晚些時候再說，現在我們得趕緊去詢問處了。」

在**詢問處**台前，我們發現有很多學生在排隊查詢，而一個機械人正在一一回答他們。當輪到我們的時候，**布魯格拉**問道：「你好！我們想要找史偉塔教授，請問最早可以預約哪個時間？」

機械人冷冰冰地回答說：「雅圖羅・史偉

塔教授在 **三星際年** 之前就已經不在這裏教學了。」

「哦⋯⋯那請問我們在哪裏可以找到他呢？」布魯格拉有些 **焦急地** 問道。

機械人回答說：「我這裏沒有關於教授現在住址的信息。」

我們沒有再說什麼，便讓位給排在我們身後的 **外星人** 學生們。

我的宇宙行星呀⋯⋯
這麼說，我們等於回到了原點！

下一位！

意外的驚喜！

　　布魯格拉垂頭喪氣地問道：「現在我們該怎麼辦？」

　　這時，一把聲音從我們的身後**響起**：「不好意思……」

　　我們轉身一看，只見一個長有很多隻觸手的外星人站在那裏，同時拿着**掃帚**、**簸箕**、**水桶**等等各種打掃衛生的用具。

　　「我好像聽見你們說正在找史偉塔教授……」

　　我有些猶豫地看着她說：「**嗯，是的，請問……你是哪位？**」

　　「哦，對了，我叫**亞美莉亞·布靈布靈**，

從很久很久以前就開始負責在這所大學裏打掃衛生，我很了解這裏的一切，我知道哪裏能夠找到教授……」

我叫亞美莉亞·布靈布靈！

布魯格拉迫不及待地歡呼起來：「太好了！那你能夠告訴我們應該去哪裏找他嗎？」

亞美莉亞走近我們，輕聲說：「最近好像有人在機械工匠區見到過他……聽說他還在那裏開設了一個工作室……」

布魯格拉微微一笑說：「謝謝你，女士，你真是幫了我們大忙了！」

我們一路小跑趕到機械工匠區，這裏

地方十分寬敞，建設了工作室和廠房，就像一個**大迷宮**……附近到處都有不同族類的外星人在建造機器、進行維修和販賣各種**機械零件**！

一路上我們到處打聽關於教授的下落，但是似乎沒有人聽說過他的名字。

賴皮建議說：「不如我們先休息一下吃點東西吧？我已經聞到了**冥王星小白菜**的香味了……」

布魯格拉突然高呼起來：「等一下！冥王星小白菜正是史偉塔教授最喜歡的**一道菜**：如果我們跟着這個**香味**走，也許我們就能找到他！」

我的土星光環呀，
這真是一個好辦法！

　　賴皮開始猛地抽鼻子周圍嗅，跟着香味前進，而我們就跟在他後面。

　　過了一會兒，我的表弟在一幢**奇怪的**建築前停下了腳步，這幢建築竟然是由各種機器零件搭建而成的，他說道：「嗞嗞！香味是從這裏面散發出來的！**我的肚子好餓！**」

好香的冥王星小白菜！

布魯格拉輕輕敲了敲門，過了一會兒之後，一個年邁的外星人打開了大門。

「我的太空電路呀！這不是布魯格拉·斯法芙，我最出色的學生嗎？**這真是一個意外的驚喜！**」

「史偉塔教授！好久不見了！」

史偉塔教授是一個身上長着八條觸手的**外星人**，在和布魯格拉擁抱過後，他看着我們問道：「這些是你的朋友嗎？」

我伸出自己的手爪，並做了自我介紹：「我叫*謝利連摩·史提頓*，是太空鼠們生活的『銀河之最號』的艦長，他們是賴皮和班哲文。」

史偉塔教授請我們進內，這裏既是**他的家，同時也是他的工作室**：我的宇宙

乳酪呀！我從來沒有見到過如此凌亂不堪的地方！

「這裏有些凌亂，真是不好意思，我正在開發一款新產品！碰巧我正在吃飯……對了，你們要不要也嘗一嘗？」説着，他指了指旁邊放着一個盛滿了冥王星小白菜的鍋子。

所有鼠都禮貌地婉拒了，除了**賴皮**，他抓起勺子滿意地笑着説：「**教授，謝謝你，能夠遇到像你這樣的美食家真是太好了！**」

吧吱！

我有些東西可以給你們！

在史偉塔教授與賴皮吃完了所有的小白菜之後，教授問道：「**我的太空電路呀，你們是怎麼找到我的？**」

布魯格拉說：「這是全靠亞美莉亞！可是為什麼你要神秘地**隱居**起來呢？」

「那是因為我希望能夠在**不受別人打擾**下研究自己的發明⋯⋯對了，你們想不想看一看我最新的作品？」

布魯格拉回答說：「我們當然非常樂意，但是這次我們主要是來尋求你的幫助！」

史偉塔教授**皺了皺**眉頭。

美女鼠繼續解釋說：「教授，你還記得

全息程序鼠嗎？就是我為了畢業論文而設計的太空船艦上的主電腦？」

「**我的太空電路呀**，我當然記得！就是那個長着老鼠模樣的程序，我還一同參與**開發**……」

「沒錯！很不幸，現在它似乎出了狀況，不能正常運作，我找不出什麼地方出問題。」

「嗯……有意思……」

布魯格拉小心翼翼地將裝有全息程序鼠的箱子放在桌子上，並啟動了程式：看上去程序鼠的鼻子越來越暗淡無光了。

史偉塔教授立刻開始分析，嘴裏不停地自言自語說：「有可能是**電路**供電不足造成的，或者是裏面的量子電路板出了問題……」

他們說到這些，我可真是一竅

不通呢！於是我走到旁邊，在一張用舊機械零件做成的椅子上坐下來。

這種椅子真是舒服，非常舒服，舒服極了……當我開始感覺**昏昏欲睡**的時候，突然一陣叫聲在我的腳邊響起，把我嚇了一跳，讓我不禁高呼：

「**救命啊！**」

救命啊！

賴皮在旁邊笑着說：

「**哈哈哈！**表哥，你還是一如既往那麼膽小啊！**這只不過是一隻溫順的機械犬而已……**」

正當我打算反駁他的時候，突然，教授的驚呼聲吸引了大家的注意力：

「**找到了！**是發電機出現問題：你們船艦上的主電腦快沒電力了！」

布魯格拉恍然大悟，説：「難怪它最近處理各種任務的速度都變慢了⋯⋯」

我好奇地問道：「嗯⋯⋯所以說全息程序鼠其實並沒有生病對嗎？」

教授回應我説：「是的！它只是缺少能量而已。」

「那我們該怎樣為它充電呢？」

史偉塔教授解釋説：「需要一塊全新的能量星電子**電池**——星際晶石。我這裏應該就有一塊的，不知道放到哪裏去了⋯⋯」

說着，他開始在堆積如山的**機械零件**和**雜物**堆裏尋找起來。

「不在這裏⋯⋯也不在這裏⋯⋯那裏也沒有⋯⋯哦，我大概知道在什麼地方了！」

教授徑直走向放在**實驗室**裏遠處的大型儲物櫃，然後打開櫃門⋯⋯

噔，啪嗒，喔嘟，砰砰，咚！

「史偉塔教授，你還好嗎？」布魯格拉連忙問。

不久，教授探出頭來，搖了搖頭說：「**很不幸，星際晶石不在這裏……而且這是我們手上的最後一塊了，因為星際晶石的原料非常稀有！**」

我結結巴巴地問道：「可……可是……應該……應該還有其他的辦法吧？」

教授回答我說：「我們一度以為這種星際晶石**電子能源**是取之不盡的，但是顯然現實並不是這樣。」

布魯格拉點了點頭，然後整個實驗室裏變得一片沉默，最後還是教授打破了沉寂：「**我的太空電路呀，我在剛才怎麼沒有想到？**」

找到了！

說着，他拿起一個自製的裝置**解釋**說：「這是一台再生能源發電機：它能夠將**太空風能**和**星際光能**轉化為**電能**！雖然它只是一個研發雛型產品，但應該能夠用得上！」

「**太好了！**」我興奮地高喊起來。

班哲文補充說：「這樣一來全息程序鼠就能夠有用之不盡的**可再生**能源了！」

史偉塔教授微笑着說：「我馬上開始動手改裝，你們可以等到明天的這個時候再過來，我想到那時我就差不多完成了。不過，這事你們得為我**保密**！」

然後，他轉向自己的機械狗飛度說道：「飛度，把客人們送到他們的太空船那裏去！」

我們應該一起慶祝一下！

我們跟隨着史偉塔教授先生的機械狗**走在**擁擠的小道上。

賴皮一臉興奮，雀躍地説：「這次的任務很成功！一切都應該歸功於史偉塔教授的**天才**發明，這樣我們船艦上的主電腦就再也不會出現能源問題了！」

我發現到他的一席話似乎引起了一些**外星人**的注意，我趕緊對他説：「嗯……我想你最好不要那麼大聲説話……」

但是，他絲毫沒有理會我，自顧自説：

「利用太空風能發電真是一個絕妙的主意！」

為了聽清楚我們的話，有些外星人已經開始故意**走近**我們了。我的**土星**光環呀，也許我應該做些什麼！

於是，我上前勸告他說：「賴皮，拜託，別……」

話還沒有說完，一個身穿黑色**斗篷**的外星人突然撞了我一下，害得我差點摔倒！

啊，真粗魯！

砰！

「啊，真粗魯！」我抱怨道，但是那人已經消失在人羣裏，只留下一股奇怪的**發霉沙甸魚**的氣味！

這時，**布魯格拉**忍不住叫道：「快閉嘴，賴皮！教授不是要我們保守秘密嗎？要知道這裏可能會隔牆有耳……」

賴皮終於不再說話，所有鼠一起**安靜地**回到太空港去。

在跟**飛度**道別之後，我們登上了探索小艇，然後返回「銀河之最號」上。

這個小行星上的人
怎麼如此無禮！

第二天，在「銀河之最號」上**滿滿**睡了一覺之後，我們回到史偉塔教授那裏，和昨天一樣，菲負責留在**太空港**那裏的探索小艇上等着我們。

街上和往常一樣擠滿了來自各地的**外星人**，到這裏來採購、銷售，以及修理各種千奇百怪的東西。

「我已經等不及想要見到全息程序鼠了！」我叫道。

賴皮贊同説：「是呀，希望這次它能夠恢復正常，因為⋯⋯**哎喲！**」

我的表弟突然停了下來：因為一個身材高

大，穿着一件寬大黑色斗篷的外星人結結實實地撞了他一下。

真粗魯呀！

砰！

我的宇宙乳酪呀， 他不就是昨天撞我的那個人嗎？我還清楚地記得他身上散發出的發霉沙甸魚的**臭味！**

我正想開口指責他，這時有兩個矮一點的外星人走過來把我撞倒在地上，隨即跟上剛才那人。

「看來這個星球上的人真粗魯呀！」 賴皮嘀咕着説。

「你還好嗎，**艦長先生？**」布魯格拉問道。

「沒事……不過那兩個人我好像在哪裏見過！」我緩緩地站起來，喃喃自語說。

接下來，一路上我們再也沒有遇到奇怪的事情，終於順利來到史偉塔教授的工作室門前，布魯格拉敲了敲門。

咚咚咚！

可是，沒有人回答。

稍等了一下之後，我們更用力地敲了幾下門。

咚咚咚！

還是沒有人應答。

賴皮開始高呼起來：「教授！」

同時，我們第三次敲門。

依然無人應答。

咚咚咚！

布魯格拉疑惑地說：「真奇怪，史偉塔教授是一個非常準時，而且做事嚴謹的人！」

「也許他只是出去一會兒吧。」我說道。

「希望他別出什麼事情才好……」布魯格拉有些擔心地說。

賴皮四下張望，然後說：「看來只有我們自己想辦法去找尋真相了！」

說着，他走到實驗室的牆邊，踮起腳尖透過窗口張望室內的情況。

嗯嗯……

能看見什麼嗎？

班哲文在一旁問道：「能看見什麼嗎？」

賴皮努力往裏面張望着：「教授似乎不在裏面，但是……桌子上放着一個 盒 子 ，上面還夾着一張字條……」

「你能看見上面寫的字嗎？」 我有些焦急地問。

「嗯……上面寫着：『給太空鼠們』！」

我 的 宇 宙 行 星 呀 ，在史偉塔教授的實驗室裏怎麼會有一個給我們的盒子？

事情開始變得
有點不尋常了⋯⋯

隱藏的真相……

　　史偉塔教授在約定時間不在家裏，這件事情本來就十分可疑……而且他還留下了一個盒子給我們！

　　於是，我們決定進去查看情況。

　　面對實驗室大門緊閉的情況，布魯格拉拿出了她自己研發的萬能鑰匙。這個小玩意上安裝了特製的傳感器，能夠鎖上或是打開任何鎖具！

　　布魯格拉把萬能鑰匙插進實驗室大門的鎖孔裏，大門隨即應聲打開了。

「這把萬能鑰匙真是一個偉大的發明啊！」我仰慕地説道。

　　布魯格拉**紅着臉**説：「謝謝你，艦長先生！多虧了史偉塔教授的教導，我才能夠設計出這些東西。」

　　我們進入實驗室之後，就立刻走到桌子前查看：那個盒子看起來和我們用來裝全息程序鼠的盒子**很相似**。

　　「也許教授臨時有事，所以把修理完成之後的全息程序鼠留在這裏……」賴皮説。

　　「嗯，這不太像是他的做法，而且如果真是那樣的話，他應該會在門外留張紙條，而且不會將門反鎖。」**布魯格拉**分析説。

　　班哲文建議説：「看來只有一個方法分辨**盒子**裏的全息程序鼠是否已經修理好，我

們來把它啟動一下看看吧！」

布魯格拉按下了啟動按鈕，盒子裏立刻投射出**一束光線**，並漸漸形成了一個全息影像……一隻小雞！

「你是誰？」布魯格拉吃驚地問道。

全息小雞**機械地**回答說：「你們知道貓最擔心的是什麼嗎？擔心自己變成了一條狗。哈哈哈！」

我的宇宙乳酪呀，它到底在說些什麼呀？

我們頓時陷入了沉默，**全息小雞**繼續說道：「在學校，老師問學生：『你能告訴我**一半**是多少嗎？學生回答說：差不多在皮帶的高度！」

貓最擔心的是什麼？

所有鼠**面面相覷**，然後開始大笑起來。

全息小雞說：「你們喜歡我的**笑話**嗎？那我再說一個吧！亞斯特拉夫婦想要給一位朋友送一份禮物，『不如我們給她送上新開張的太空健身室的入場門票一張吧。』妻子建議說，丈夫回答道：『可以啊，不過這樣一來我們還得送她一張出場門票！』」

我的**土星**光環呀，史偉塔教授為什麼會給我們留下這隻奇怪的**全息小雞**呢？

　　布魯格拉低聲説：「讓我先確認一件事情……」

　　她按下了盒子上的一組**按鈕**並關掉了全息小雞，然後用**萬能鑰匙**打開一扇小門……

　　「正如我所料，這裏面的不是全息程序鼠，而是在**歡樂星**上給小朋友的玩具！」布魯格拉説道。

　　我嘀咕着説：「可是……這是在開玩笑嗎？」

　　布魯格拉顯得有些難以置信地説：「這裏下面好像藏着什麼東西……」

　　這時，賴皮突然叫道：「**安靜！你們聽聽！**」

　　大家豎起耳朵，似乎聽到了一些微弱的聲音……

「嗯⋯⋯　嗯⋯⋯　嗯！」

　　班哲文説：「聲音好像是從那邊的櫃子裏傳出來的⋯⋯我們快**過去**看一下！」

　　打開櫃門之後，只見**史偉塔**教授被困在裏面，所有觸手被綁起來，同時嘴巴也被堵上了！

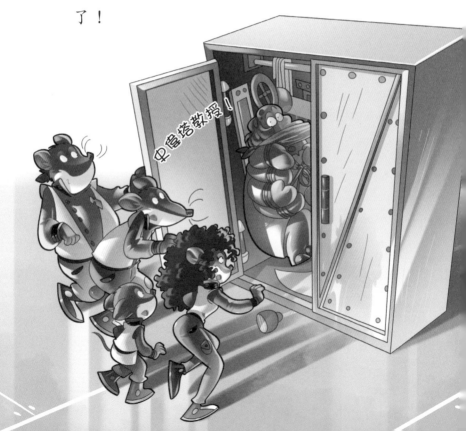

史偉塔教授！

超級敏銳的鼻子！

我們趕緊給教授鬆開綑綁之後，他告訴我們說：「大約在兩個**星際**小時之前，有三個外星人突然闖進來，其中的兩人將我綁起來並**堵住**了我的嘴，然後把我關在櫃子裏！接着，我聽見剩下的那個首領將剛**修理好**的全息程序鼠帶走了……另外兩個人嘴裏說着要給你們留些『禮物』……最後他們**得意洋洋**地離開實驗室，並且用我留在**門上**的鑰匙把大門反鎖了。」

「這幾個外星人長得什麼模樣？」我問道。

史偉塔教授搖了搖頭說：「我的太空電路呀，我也不知道！一切發生得太**突然**……我還沒來得及看清他們的樣子就被反鎖在櫃子裏。」

布魯格拉十分抱歉地說：「教授，實在不好意思，沒想到連累了你捲入危險！」

教授安慰她道：「哦，這並不是你的錯……話說回來，這三個人好像就是衝着全息程序鼠來的！他們怎麼知道這東西在我這裏呢？你們有跟誰提起過這件事嗎？」

我回答說：「**絕對沒有！**我們對此事一直都守口如瓶……」

說着，我突然停了下來，然後望向賴皮。

我的宇宙乳酪呀，昨天我的表弟在大街上曾經大聲談論這事呢！

賴皮立刻意識到事態嚴重，低下頭嘀咕着說：「對不起……昨天看到問題有了解決辦法，我可能一時太興奮，所以嗓門大了一點……」

　　史偉塔教授搖着頭說：「在這個星球上有太多來歷不明的外星人，所以做任何事情都要小心，我特地囑咐過你們的！」

　　當我不自覺地把一隻手爪撐在桌子上的時候，突然痛得呼喊起來：「哎喲！」

　　原來，有一枚螺釘扎進我的手爪上！

　　我趕緊揉了揉**受傷**的手爪，這時我注意到螺釘上勾着**一小塊黑色的布**，看上去十分眼熟……

我好像在哪裏見過這塊布呢？

我的土星光環呀，對了！是那個在街上撞過我的外星人穿着的**斗篷**！

我立刻把我的猜測告訴大家：「現在我們知道應該去找誰了，事不宜遲，我們趕快出發吧！」

史偉塔教授微笑着説：「只要這幾個盜賊還在工坊星上，那麼他們就一定逃不出⋯⋯它的掌心！」

教授吹了一聲口哨：

「嘘——嘘——嘘！」

我們昨天認識的機械狗——**飛度**，瞬間應聲出現在大門前。

90

史偉塔解釋說：「它的機械鼻子可以說是全宇宙**最靈敏**的，可以識別超過七十億種不同的**氣味！**」

說着，教授拿起那塊黑色的布碎，並將其放到機械狗的鼻子邊。

飛度立刻開始**吠叫**起來，它的鼻子變得一閃一閃的，不由分說，它便拔腿**跑**了出去。

史偉塔教授喊道：「快跟着它！我會在這裏用**太空量子雷達**跟蹤它的位置，這樣如果你們需要幫助的話，我就能夠知道你們在什麼地方了！」

太可怕了！

　　我們隨即拔腿就跑，在機械工匠區裏一起**奔跑**着，緊跟在飛度後面。我的宇宙乳酪呀，真把我累壞了！

　　「可是……**呼哧**……它怎麼跑

呼哧！

呼哧！

得……**呼哧**……那麼快？」賴皮問道。

「**呼哧**……為什麼在工坊星上……**呼哧**……沒有太空汽車呢？」他接着補充說道。

這時，班哲文催促起來：「**快點！**我們馬上要到太空港了……我想**飛度**應該是要去那裏！」

它正在往太空港的方向跑去！

嘻嘻！

「希望如此……**呼哧**……我跑不動了！」我喘氣着説。

幸好，正如我那可愛的小姪子所説：**機械狗**在到達太空港之後就停止了奔跑，然後帶領我們在停泊着的太空船之間穿梭，並最後在一艘**掛着**一面黑色魚骨旗幟的太空船前停了下來……

我的宇宙乳酪呀，這艘就是……海盜太空貓的太空船*！

難道説是他們**搶走**了全息程序鼠？

呃……一想到他們那個臭名昭著的首領——**黑暗之星**，我的皮毛就不由自主地豎起來！

突然，布魯格拉對我們**呼喊**道：「注意：有人從太空船裏走出來了，我們快躲起來！」

---

*太空鼠們和海盜太空貓在《水之星探秘》一書中已經碰過面了。

我們趕緊躲到附近的太空船後，只見到三個海盜太空貓從太空船裏走出來。

　　「有了這個新的**太空船電腦**和那個能夠無限供給能源的裝置，**我們就能夠讓全星系都知道我們的厲害啦！**」其中一個海盜太空貓叫道。

　　「啊，難道我們不是已經很厲害了嗎？」另一個海盜太空貓問道。

「好吧……當然是這樣……不過如此一來我們就可以變得更厲害了！本來我們來這個星球只是為了簡單修理一下發動機的……現在你看，這下我們賺到了！哇哈哈！」

這時，海盜太空貓的首領——黑暗之星吹着鬍子、瞪着眼地從太空船裏走了出來。

我注意到他披着的斗篷上有一處破洞，這樣一來就更加毫無置疑了：偷走全息程序鼠的人就是他！

海盜首領慢慢走過來，叱喝説：「閉嘴，你們這幫蠢材！林茨，你有按照我的要求來調校主電腦嗎？」

當然，老大！現在已經可以正常使用了！

其中的一個海盜太空貓回答説。

「很好！現在你們給我去弄些食物回來！要是能找到**臭沙甸魚**那就最好不過了……」

「遵命，老大！」

「**那就快點去吧！**我要在今晚之前離開這個噁心的星球……」

臭沙甸魚……咕！

咕吱吱……真是太可怕了！

說罷，三個海盜太空貓立刻**跑着**離開了，很快便在城市的街道中消失了。

隨後，黑暗之星伸出爪子開始在一塊石頭上打磨起來。

我們的作戰計劃……

　　布魯格拉憂心忡忡地說：「你們聽見了嗎？那些海盜太空貓們已經把全息程序鼠**安裝**到他們的**太空船**上了，我們一定要想辦法在他們離開之前把它拿回來！」

　　「交給我好了！我參加過三節**太空空手道**的課程……」賴皮說着向前跳了一步。

　　我一把**抓住**他說：「別做傻事，表弟！」

看我的！

「你沒有看到黑暗之星的爪子嗎？要是被他抓一下的話，恐怕我們會被活活**撕成碎片**了！」

布魯格拉繼續說：「艦長說得沒錯，我們得好好計劃，想辦法在他的幾個手下回來之前，進入到他們的太空船取回全息程序鼠！」

所有鼠都陷入了沉默，希望能夠想出一個**辦法**，這時飛度走到我的身邊，希望我能夠給它撓撓癢。

我撫摸着它，突然靈機一動：「我的宇宙乳酪呀，我想到了一個絕妙的辦法：我們可以讓飛度去吸引黑暗之星的注意力！它是一隻**機械狗**，應該不會讓對方起疑心。」

賴皮**一臉狐疑**地問：「那然後呢？」

「我們就趁黑暗之星忙於應付機械狗時進入到太空船裏，然後取回全息程序鼠。」

布魯格拉贊同地說：「**真是一個簡單而又直接的方法啊，艦長先生！**」

我的臉刷地變得如同一個維嘉星番茄一樣紅……眾所周知，每當我面對我們這位*魅力四射*的工程師，她總讓我神魂顛倒！

「要是黑暗之星想要**抓住**飛度欺負他怎麼辦？」班哲文問道。

我*自信地*回答說：「這個你不用擔心，班哲文，你剛才也看到這小傢伙**跑得**有多快，而且他很熟悉這座城市的道路……**即使黑暗之星真的想出手捉拿飛度，也抓不住它的！**」

101

班哲文露出了滿意的微笑，然後對那**搖着尾巴**的機械狗說：「去吧，飛度，這下全靠你了！」

如同預想的那樣：飛度快速跑向**太空船**，然後對着黑暗之星吠叫起來，吸引了他的注意，隨即把**雙爪**伸向太空船閃亮的船身。

「唏，你在那裏做什麼？快滾！

海盜太空貓的首領叱喝道。

飛度對其**不瞅不睬**，繼續抓着太空船的船身。

黑暗之星怒吼道：「難道你想在我的太空船上留下爪印？信不信我這就過來把你一顆顆螺絲拆下來！等我教訓完你之後，我會找

出你的主人，然後把他也教訓一頓！」

黑暗之星開始狠狠地**追趕**着機械狗，而飛度則敏捷地在停泊着的**太空船**之間來回躲避。我的土星光環呀，計劃成功了！現在該我們出場了！

我下令說：「賴皮，你負責在這裏看守，如果另外幾個**海盜太空貓**回來的話就通知我們，其他鼠跟我一起進去拯救全息程序鼠！」

我們互相交換了一個信任的眼神，然後跑向太空船。

可憐的笨傢伙⋯⋯

在海盜貓的太空船裏，漆黑一片，我們靠着**腕式電話**上的燈光來照明。

布魯格拉很快便找到了控制室，我們跟在她身後，<u>排成一排</u>，來到了門口⋯⋯突然，門自動打開了：我的宇宙乳酪呀，發生了什麼事？

在控制室的中央，*漂浮*着一個全息程序⋯⋯貓的影像？

「你們以為我會不知道你們擅自入侵嗎？你們是誰？」它問道。

這個聲音⋯⋯和全息程序鼠的聲音是完全一樣啊！

我結結巴巴地說：「你……你……」

「什麼？你到底會不會說話？你這個**笨蛋**老鼠！」

布魯格拉喊道：「你就是全息程序鼠，是太空鼠的『**銀河之最號**』上的主電腦！」

「**哈哈哈！**你是在開玩笑吧！也許你上錯太空船了……我是全息程序貓，是這艘太空船的主電腦！」

「什麼什麼什麼？怎麼會這樣？」

「沒錯，就是這樣，你們在這裏做什麼？」

我還想要說些什麼，但是喉嚨卻比**沙星**上的沙漠更乾燥！

「那些海盜太空貓把你從我們的手上搶走並且修改了你的程序……我們過來就是為了帶你走的！」**布魯格拉**解釋說。

但是，電腦卻回答說：「我怎麼覺得你們才像是**小偷**呢！對付小偷的話就該讓它們出場了……」

話音剛落，房間頂部的開口處突然有兩隻**機械太空昆蟲**飛進來。這兩隻蟲子**氣勢洶洶**地在我們的頭上盤旋着，同時我們身後控制室的大門也關上了……

嗞嗞嗞嗞！

嗞嗞嗞嗞！

哇啊！

呀！

我們被困在這裏了！

太空船主電腦宣告：「現在我們就等黑暗之星回來……然後把你們交給他來處置！哈哈哈！」

我打算立刻通知賴皮，但是就在我剛抬起手腕的時候……

腕式電話上冒起了一股煙！

全息程序貓笑着說：「你們以為我會那麼容易讓你們使用腕式電話嗎？真是可悲！哈哈哈！」

艦長先生，說說往事！

我的維嘉星乳酪呀！

面對着一個自以為是海盜太空貓一分子的全息程序鼠，我們真是無計可施了。

我們只能**絕望地**等待着黑暗之星回來，我看着**全息程序……貓**那張醜八怪一樣的臉。

這時，我想起了自己剛當上「銀河之最號」艦長時的情景……

那時候，我**根本不懂得**怎樣指揮一艘太空船艦運作，全靠全息程序鼠的協助，我才得以熟習情況！

想着想着，我**心情激盪**不已，便對大家說：「全息程序鼠是全宇宙最好的艦長助手！

「我還記得自己的第一個**天王星**任務……我沒有好好準備行動的裝備，甚至連**保暖**背心都沒有！幸好全息程序鼠給我送來了一個包含所有裝備的**膠囊**，我才得以脫困……」

班哲文鼓勵我說：「叔叔，再說多一點你的往事！」

「我還記得那次我們在『銀河之最號』上接待**南極星系協會**的主席：我錯把一張費用清單當成了歡迎致辭稿……多虧了全息程序鼠模仿我的聲音替我完成致辭才沒有讓我**當場出醜**！」

布魯格拉繼續說道：「再說說看，艦長先生！全息程序貓好像有些變化了……」

直到這時，我才注意到在全息程序貓的影像似乎出現了一些輕微的**干擾**。

我的宇宙乳酪呀，在我說了一段段的往事，全息程序貓正在慢慢變回全息程序鼠！

布魯格拉解釋說：「這些往事感動了全息程序貓，然後這種情緒讓它想起了自己到底是誰。」

於是，我又**訴說**起一段往事：「曾經有一次，我以為丟掉了一本珍貴的筆記簿，然後⋯⋯」

這時，一把熟悉的聲音繼續說下去：「然後我啟動了『銀河之最號』上的所有傳感器，最後在筆記簿被**回收機***

滋滋⋯⋯

滋滋滋滋⋯⋯

噗！

*回收機：是太空鼠用來處理垃圾並循環再利用的設備！

銷毀之前找到它！」

　　我抬起頭，重新見到了一張微笑着的老鼠臉龐……

我的維嘉星乳酪呀，全息程序鼠回來了！

遵命，史提頓艦長！

全息程序鼠叫道：「**艦長先生**！你怎麼會在這裏？還有……我在這裏做什麼？這裏不是『銀河之最號』！」

我解釋說：「全息程序鼠，你被海盜太空貓綁架了，他們**改寫了程序**……」

「怎麼回事呢？在哪裏？什麼時候？」

「現在沒有時間細說了，我們得趕在黑暗之星回來之前趕快**離開**，先把這兩個機械昆蟲關掉，然後啟動我們的腕式電話！」

「遵命，史提頓艦長！」

在兩個機械昆蟲撤退之後，我呼叫留在外面看守的賴皮。

「表弟，任務完成了！我們現在馬上撤離此**太空船**，一會兒在我們的探索小艇那兒見！」

賴皮回答說：「**我一會兒就去，啫喱，我得先做一件事情！**」

於是，在我們跑離太空船的時候，只見賴皮手上拿着一個奇怪的**盒子**又竄了進去。

沒過多久，他就和我們在探索小艇上匯合了，我好奇地問他：「你去做什麼了？」

他**笑着**回答我：「哦，沒什麼……我只不過給我們的**海盜太空貓**朋友們留下一件小禮物……」

就這樣，我們出發離開了，在起飛的過程中，我們透過舷窗看到黑暗之星正**急匆匆**

地跑向他的太空船。

　　我的宇宙乳酪呀，飛度這次可真是幫了大忙呢！

　　回到太空船之後，**黑暗之星**立刻就看到賴皮留給他的那個盒子，他自言自語道：「**太空鼠的禮物？這到底是怎麼回事？**」

　　接着，他馬上便明白了我們已經取回全息程序鼠的事實，憤怒地說：「你們這些太空鼠想往哪裏跑？」

　　透過舷窗，我們看到黑暗之星很快坐上了駕駛座並且啟動了發動機……

　　我結結巴巴地說：「菲，那些海盜太空貓要……要追上我們了！」

呼味！呼味！

115

賴皮壞笑着説：「沒事的，表哥，他們飛不遠的……」

接着他從口袋裏掏出了一個遙控器，然後按下了按鈕……

噗噗！

海盜太空貓的太空船瞬間變成了一個太空遊樂場，上面布滿了各種玩樂設施：流水滑滑梯，旋轉衞星，碰碰太空船……

「這……這是怎麼回事？」

「這是一個很棒的發明，名字叫『隨身太空遊樂場』！昨天我們在大學裏，有學生把這個測試樣品送給我。我想在對抗海盜太空貓的時候可能會有用，於是就把

它留在他們的太空船上⋯⋯誰讓他們那麼喜歡給人**驚喜**的小禮物呢！」賴皮得意地說。

我們從上空望向太空港，看見這個太空遊樂場很快吸引了不少**外星人**小孩聚集，大家興奮地排隊等待遊玩。我情不自禁地讚歎道：「做得好，表弟！我想史偉塔教授一定會誇讚你的⋯⋯」

我的**土星**光環呀，我們匆匆忙忙之間，竟然都沒有來得及和教授道別！

但同時我也相信，我們一定很快就可以再次見到他的⋯⋯

一切順利，爺爺！

在我們抵達「銀河之最號」的時候，整艘太空船一片漆黑，靜寂無聲。

馬克斯爺爺一看到我們出船艙就向我跑過來，當他見到我們把全息程序鼠帶回來的時候，一把緊緊地**抱緊**我。

我的冥王星乳酪呀，我都快**透不過氣**來啦！

我簡直不敢相信爺爺居然會誇讚我！

做得好，小孫子！

哇啊！

在爺爺放開我之後，我立刻命令道：

「布魯格拉，立刻把全息程序鼠安裝上去！

我們的工程師隨即馬上投入工作，不一會兒，所有房間的門恢復正常運作，噴氣電梯也一切正常，同時所有燈也亮起來了。

然而，我還沒有見到我們太空船主電腦那可愛的老鼠腦袋！

正在這時，有誰突然在我的身後：

「噗！」

我的太空乳酪呀，真是嚇死我了！

我轉過頭來，這不就是全息程序鼠嘛！

「你想我了嗎，艦長先生？」

這時，控制室的主顯示屏上跳出了一條消

息「接到來電」。

　　我命令說：「全息程序鼠，幫我接通電話！」

　　很快，屏幕上出現了史偉塔教授和飛度的視訊通話影像。

　　我興奮地說道：「教授，能再見到你真是太好了！」

　　「我的太空電路呀！我想你們一定是順利完成任務了！」

　　布魯格拉回答說：「這次多虧了飛度的幫忙……當然還有我們的艦長！」

我的臉又再像維嘉星番茄一樣刷地**變紅**了！我可不太習慣這麼被人稱讚⋯⋯

　　史偉塔教授繼續說道：「看來你們太空船的主電腦適應了我的再生能源發電機啊！我馬上把這台機器接駁到太空船艦能源系統的**說明**傳給你們，這樣你們今後就可以使用**太空風能**和**星際光能**作為動力了！」

　　我沒有完全明白，於是問道：「那麼我們就不必再依賴那種非常罕見的**星際晶石**作為發動機的動力來源了嗎？」

　　布魯格拉回答說：「沒錯！只要我把發動機改裝一下，我們就可以使用取之不盡的風能和光能了！」

　　班哲文興奮地叫道：**「這樣一來『銀河之最號』就會是全宇宙最環保的太空船了！」**

費魯斯教授補充説：「尊敬的史偉塔教授，如果你同意的話，我們可以把你的這個發明推廣到整個星系，應用在所有的宇宙太空船上⋯⋯這樣，**全宇宙**都會感謝我們的！」

「真是一個很好的主意呢，朋友！」

正在這時，一個**機械人服務生**端着一杯飲品走進來，我舉起杯子正準備嘗一口⋯⋯卻發現裏面盛着的竟是*機油*！

我立刻心驚膽戰地望向全息程序鼠，只見它衝着我擠了擠眼睛説：「開個小玩笑！」

啊，做一個艦長可真不容易呀！這可是太空鼠，*謝利連摩·史提頓*的名言！

Geronimo Stilton
星際太空鼠

我是謝利連摩艦長！

菲，快報告

在外太空的探索情況！

報告艦長！……我是菲

你被耍了！表哥！

哇啊！！！

哈哈哈！整個宇宙是我的！

親愛的老鼠朋友，

你們喜歡讀星際太空鼠的冒險故事嗎？

請大家期待我下一本新書吧！